癸巳孟夏京
師崇賢館刊

限量發行
叁仟套
第 0425 号

限量發行
叁仟套

第0425号

癸巳孟夏
京師榮寶齋刊

崇賢館記

太初混沌盤古開天辟地斗轉星移萬象其命維新炎黃先祖崛起東方篳路藍縷以啓山林華夏文明源出細水涓涓日夜不息匯爲浩浩江海上古有河圖洛書之說先民有結繩書契之作自夏商以降至于隋唐我先人以玉飾甲骨鐘鼎簡牘碑碣帛書刻録文明歷程纘續堯舜禹湯文王周公孔子諸聖賢道統斯文郁郁盛世生焉

至唐貞觀間太宗爲繼往聖之學風厚生之化開太平之世始設崇賢館任學士校書郎各二人掌管經籍圖書并教授諸生光陰箭越千年二十世紀尾聲有諸同道矢志復立崇賢館旨于再造盛唐輝煌興廢繼絶金聲玉振集歷代之英華樹中天之華表以最中國之形式再現最中國之内容俾言簡意豐温厚和平墨香紙潤之中國書卷文化福澤今日之世界復立伊始茫茫求索久立而有待來者漸至天下翕然而慕國學當是時幸得國學之師李羨林啓功馮其庸傅璇琮又著名文史學家毛佩琦任德山余世存國藝方家王鏞林岫

崇賢館記

太初混沌，盤古開天，[illegible][illegible]千載[illegible]見[illegible]，[illegible]其命[illegible]新[illegible]。

黃[illegible]先祖，[illegible]東方，[illegible]華[illegible]，山林，華夏文明[illegible]。

[illegible]水清，日[illegible][illegible]見，[illegible]上古有河圖洛書。

之[illegible]先民有結繩書契之作。自夏商以降，至于隋唐，[illegible]

[illegible]人以王[illegible]甲骨鐘鼎簡帛書[illegible]，文明隆[illegible]。

[illegible]義、舜、禹、湯、文、王、周公、孔子諸聖賢道統，與文[illegible][illegible]

盛世生焉。

至唐貞觀間，太宗[illegible][illegible]，注重文學，崇[illegible]士人，化開太平

之世，始設崇賢館，置學士、校書郎各二人，掌經籍圖

書，并教授諸生。[illegible][illegible][illegible]千年，一千世紀，[illegible][illegible][illegible]諸同。

道[illegible][illegible]，復立崇賢館，旨于弘揚盛唐輝煌，與[illegible][illegible][illegible]

賞王[illegible][illegible][illegible]之[illegible]，樹中大之華表，以最中國之[illegible]。

夫[illegible]現最中國之功，[illegible]書簡意豐盛，厚和平，書香[illegible]。

[illegible]之中國書畫文化諸公曰：此世界，復立所[illegible][illegible][illegible]

非[illegible]又[illegible]而有者來者，[illegible]至天下翕然而[illegible]，圖學[illegible]是。

時，幸得國學大師季羨林、啟功、馮其庸、[illegible][illegible][illegible]、文[illegible][illegible]

文史學家毛佩琦任顧問，命也序；圖畫方家王鏞、林岫

等諸先生擔當學術顧問，肩荷指點迷津，遥斷翼軫之重責。

先賢典籍流傳，粲然可見。北宋一朝，蔡倫高足安徽宣城孔丹，創棉白佳紙，宣紙因而得名。中國造紙術隨後惠澤東西方文化傳播。宣紙典籍體輕而久壽，逐漸引領版刻盛行。宋版之精嚴而高貴，元版之景宋而厚重，明版之繁盛而不齊，清版之集古而爲新。今崇賢館志承歷代版刻精髓，精研歷代善本風貌，礪成鑄鼎之作，曰崇賢善本。其館刊典籍涵蓋經、史、子、集四部精華，并書畫真迹、碑刻拓片，及今人解經、學人蹊徑。可謂囊經天緯地之道，攬修身齊家之學。堪爲現代收藏之冠冕極品，亦爲今人重塑私德之權威善本。

崇賢善本，誓循宋代工藝。選安徽涇縣有"紙中黄金"美譽之手工宣紙制作。裝幀集材，綾面絹簽，沿襲古法，雕版琢字，均出名典，莊重雅致，古色生香。考工記云：天有時，地有氣，材有美，工有巧。斯乃術工與藝術俱臻高妙

時地有氣材有美工有巧斯乃術工與藝術須發揮妙
版家究功出名典推重雅致古已生考工記亦天有
書之手工寫刻制作藝顯集林發揚西紹發沿襲古法雕
宗賢善本書猶宗代工藝選宋徵淫錄有致中黃金美
極品亦為今人重寶秘德之權威善本
天祿地之道攬修身齊家之學理論現代收藏之涵養
書畫真迹碑刻拓片文人辭經學入醫經可謂囊籃
曰宗賢書本其館刊典籍涵蓋經史子集四部精華并

於歷代版刻精髓精研歷代善本版說編成篇帙之作
明版之繁盛而不齊清版之集古而說羅今融賢鑄古
宋版刻盛行本版之精嚴而書貴版之名貴而厚重
盡溯東西方文化傳播宣紙典籍典經而又籍緯縱引
域孔丹劍棉白佳紙宣紙國而後沿中國造紙術隨後
先賢典籍流傳繁榮可見北宋一朝蔡倫語之徽宣
重寶
幸讀先生論著精闢問肩語皓點迷津論國學今之

之境界書卷文化之真精神。洋裝書雖彌漫當際，崇賢善本却能卓爾不群。魯迅先生曾有比喻，洋裝書拿在手裏像舉磚頭，遠不如看綫裝書方便。中華先烈，文稱風騷，武崇儒將，書卷之氣爲其獨有之美。然不讀綫裝古籍，難鑄高華之美。綫裝書卷在手，或坐或卧，思緒如泉，潺潺不斷。心性高貴至極，却不顯一絲張揚。是故崇賢館十數年如一日，竭誠舉倡，重構綫裝中國，國學進入生活。尋常百姓之家，當見縹囊飄香，廣廈重閣之府，更是卷盈緗帙。隨手展卷，有人倫之準式，傳世之華章，賢人之嘉言，生活之寶鑒。人人可漱六藝之芳潤，可浸高古之氣華。

朝代依序更迭，時光似川流逝。次第顧尋鼎食深院，閭閻人家，皆門書禮義傳家久，詩書繼世長。國學經典，連綿千祀。然而，形殊勢禁，古今不同，失之毫釐，謬以千里，時人熱捧國學，然忌入玄玄歧途，惟汲納百家之長，融鑄方以補天。勿忘戊戌維新之殤，是爲殷鑒。匯通儒家

之禮樂規章、道家之取法自然、佛家之修心禪定、法家之以法治國、兵家之正合奇勝、加之國藝、國史深研修行、方能據于德、依于仁、游于藝、經世致用、知行合一、退可以善道、進、可以兼濟。高品生活、人所共求、今人之所憂嘆、先哲業已冥思而開示。吾輩俯仰間、應崇聖賢者、欣欣然咏而歸之樂也。

展觀宇內、商潮必資乎文明、方能發五色之沃承、惠億衆之福祉。古往今來、熙熙攘攘者、道統孰繼。崇賢館倡言、新國學、新閱讀、新收藏、新體驗。同仁塑夢、終期館內、垂髫幼童讀書琅琅、舞象少年飛文染翰、窈窕淑女繪綉撫琴、域內外大雅鴻儒、絶藝名家、群賢畢至、于斯爲盛、再拜天下之甘爲中國傳統文化推廣者、播仁、普智、勵勇、可喜可嘉。漫漫長路、舉足爲始。崇賢館主李克敬叙宗旨。沐浴執筆、壬辰中秋記於京華。

[illegible]

[illegible]以善道[illegible]以兼濟[illegible]治人[illegible]

[illegible]

青少年國學[illegible]讀[illegible]同仁[illegible]期[illegible]

垂範幼童讀書[illegible]華夏少年[illegible]

繼[illegible]古[illegible]大雅[illegible]

盛世年年天下之中[illegible]中國傳統文化推廣普及

勵[illegible]可喜可賀[illegible]

敦[illegible]中秋記於京華

道德經

上冊

老子 著

北京聯合出版公司

前言

老子即老聃、姓李名耳、字伯陽、楚國苦縣（今河南鹿邑東）人、曾做周朝「守藏室之史」。史載資料甚少、傳有老子過函谷西出流沙、不知所蹤、只留下「道德經」寥寥五千言、卻影響後世幾千年。趙孟頫字子昂、號松雪道人、又號水精宮道人、吳興（今浙江湖州）人。元代著名書畫家、後人奉為「楷書四大家」之一。

「道德經」又稱「道德真經」、「老子」、「五千言」、「老子五千文」、相傳為老子所著、道教經典之一。「道德經」共八十一章、分上下兩篇、上篇為「道經」、下篇為「德經」。老子提倡「無為而治」「道法自然」、處事上追求柔和達練、一切順應自然、不強求功名。

楷書大家趙孟頫手書小楷「道德經」、歷來為書法愛好者爭相臨摹。崇賢尚禮「道德經」、秉承原汁原味、再現古人和思接古人的思路、不懈追求、鐫刻時代善本。本書紙張全部采用享有「紙壽千年」美譽的安徽涇縣純手工宣紙製作、體現趙孟頫手書真跡神韻。其後分章對「道德經」進行解讀、兼具文學性與藝術性。書中甄選多幅古代版畫圖文和合、彰顯「道德經」之思想精髓。

「崇賢尚禮」系列藏品力求打造「可讀可藏可禮」的時代善本、一卷在手、仿如回到書香彌漫的名人書齋、令古人之流風遺韻賴以不墜。

目錄

上冊

趙孟頫小楷手書「道德經」

「道經」解讀

目录

上册

道德经小楷手书「道德经」

「道经」解读

下冊

老子

道可道非常道名可名非常名無名天地之始
有名萬物之母常無欲以觀其妙常有欲以觀
其徼此兩者同出而異名同謂之玄玄之又玄衆
妙之門

天下皆知美之為美斯惡已皆知善之為善斯不
善已故有無之相生難易之相成長短之相形高
下之相傾音聲之相和前後之相隨是以聖人處
無為之事行不言之教萬物作而不辭生而不
有為而不恃功成不居夫唯不居是以不去

不尚賢使民不爭不貴難得之貨使民不為
盜不見可欲使心不亂是以聖人之治也虛其心實

老子

道可道非常道名可名非常名無名天地之始
有名萬物之母常無欲以觀其妙常有欲以觀
其徼此兩者同出而異名同謂之玄玄之又玄衆
妙之門
天下皆知美之為美斯惡已皆知善之為善斯不
善已故有無之相生難易之相成
長短之相形高下之相傾音聲之相和
前後之相隨是以聖人處無為之事行不言之教
萬物作而不辭生而不有為而不恃
功成不居夫惟不居是以不去不尚
賢使民不爭不貴難得之貨使民不為盜
不見可欲使心不亂是以聖人之治虛其心實

存非以其無私耶故能成其私
上善若水水善利萬物而不爭處衆人之所
惡故幾於道居善地心善淵與善人言善信
政善治事善能動善時夫惟不爭故無尤矣
持而盈之不如其已揣而銳不可長保金玉滿
堂莫之能守富貴而驕自遺其咎功成名遂

身退天之道
載營魄抱一能無離乎專氣致柔能如嬰兒
乎滌除玄覽能無疵乎愛民治國能無為乎
天門開闔能無雌乎明白四達能無知乎生之
畜之生而不有為而不恃長而不宰是謂玄德
三十輻共一轂當其無有車之用埏埴以為器

其腹弱其志強其骨常使民無知無欲使夫知
者不敢為也為無為則無不治矣
道沖而用之或不盈淵乎似萬物之宗挫其銳
解其紛和其光同其塵湛兮似若存吾不知
其誰之子象帝之先
天地不仁以萬物為芻狗聖人不仁以百姓為芻

狗天地之間其猶橐籥乎虛而不屈動而愈
出多言數窮不如守中
谷神不死是謂玄牝玄牝之門是謂天地根
緜緜若存用之不勤
天長地久天地所以能長且久者以其不自生故
能長生是以聖人後其身而身先外其身而身

當其無有器之用鑿戶牖以為室當其無有
室之用故有之以為利無之以為用
五色令人目盲五音令人耳聾五味令人口爽
馳騁田獵令人心發狂難得之貨令人行妨是
以聖人為腹不為目故去彼取此
寵辱若驚貴大患若身何謂辱寵為下得

之若驚失之若驚是謂寵辱若驚何謂貴大
患若身吾所以有大患者為吾有身及吾無身
吾有何患故貴以身為天下若可寄天下愛以
身為天下若可託天下
視之不見名曰夷聽之不聞名曰希摶之不得
名曰微此三者不可致詰故混而為一其上不

皦其下不昧繩〻兮不可名復歸於無物是謂
無狀之狀無物之象是謂忽恍迎之不見其
首隨之不見其後執古之道以御今之有能知
古始是謂道紀
古之善為士者微妙玄通深不可識夫惟不可
識故強為之容豫兮若冬涉川猶兮若畏四

鄰儼兮其若容渙兮若冰將釋敦兮其若
樸曠兮其若谷渾兮其若濁孰能濁以靜
之徐清孰能安以動之徐生保此道者不欲
盈夫惟不盈故能弊不新成
致虛極守靜篤萬物並作吾以觀其復夫物
芸〻各歸其根歸根曰靜靜曰復命復命曰

芸々各歸其根歸根曰靜靜曰復命復命曰

[illegible]

直而不肆

[illegible]

常知常曰明不知常妄作凶知常容容乃公公
乃王王乃天天乃道道乃久沒身不殆
太上下知有之其次親之譽之其次畏之侮之故
信不足焉有不信猶兮其貴言功成事遂百
姓皆謂我自然
大道廢有仁義智惠出有大偽六親不和有
孝慈國家昏亂有忠臣
絕聖棄智民利百倍絕仁棄義民復孝慈
絕巧棄利盜賊無有此三者以為文不足故
令有所屬見素抱樸少私寡欲
絕學無憂唯之與阿相去幾何善之與惡相
去何若人之所畏不可不畏荒兮其未央哉衆

人熙熙如享太牢如登春臺我獨泊兮其未兆
若嬰兒之未孩乘乘兮若無所歸衆人皆有
餘我獨若遺我愚人之心也哉沌沌兮俗人昭
昭我獨若昏俗人察察我獨悶悶澹兮其
若海飂兮似無所止衆人皆有以我獨頑似鄙
我獨異於人而貴求食於母

孔德之容惟道是從道之為物惟恍惟忽
忽兮恍其中有象恍兮忽其中有物窈兮
冥兮其中有精其精甚真其中有信自古
及今其名不去以閱衆甫吾何以知衆甫之
然哉以此
曲則全枉則直窪則盈弊則新少則得多

則惑是以聖人抱一為天下式不自見故明不
自是故彰不自伐故有功不自矜故長夫惟
不爭故天下莫能與之爭古之所謂曲則全
者豈虛言哉故誠全而歸之
希言自然飄風不終朝驟雨不終日孰為此
者天地天地尚不能久而況於人乎故從事

於道者道者同於道德者同於德失者同
於失同於道者道亦得之同於德者德亦得
之同於失者失亦得之信不足焉有不信焉
跂者不立跨者不行自見者不明自是者不
彰自伐者無功自矜者不長其於道也曰餘
食贅行物或惡之故有道者不處也

則惑是以聖人抱一為天下式不自見故明不
自是故彰不自伐故有功不自矜故長夫唯
不爭故天下莫能與之爭古之所謂曲則全
者豈虛言哉誠全而歸之
希言自然飄風不終朝驟雨不終日孰為此
者天地天地尚不能久而況於人乎故從事
於道者道者同於道德者同於德失者同
於失同於道者道亦樂得之同於德者德亦樂得
之同於失者失亦樂得之信不足焉有不信焉
跂者不立跨者不行自見者不明自是者不
彰自伐者無功自矜者不長其在道曰餘
食贅行物或惡之故有道者不處

有物混成先天地生寂兮寥兮獨立而不改
周行而不殆可以為天下母吾不知其名字之
曰道强為之名曰大大曰逝逝曰遠遠曰返故
道大天大地大王亦大域中有四大而王居
其一焉人法地地法天天法道道法自然
重為輕根靜為躁君是以君子終日行不離

輜重雖有榮觀燕處超然奈何萬乘之主
而以身輕天下輕則失臣躁則失君
善行無轍迹善言無瑕謫善計不用籌策
善閉無關楗而不可開善結無繩約而不可
解是以聖人常善救人故無棄人常善救物
故無棄物是謂襲明故善人不善人之師不

有物混成先天地生寂兮寞兮獨立而不改周行而不殆可以為天下母吾不知其名字之曰道強為之名曰大大曰逝逝曰遠遠曰反故道大天大地大王亦大國中有四大而王居其一人法地地法天天法道道法自然

重為輕根靜為躁君是以聖人終日行不離輜重雖有榮觀燕處超然奈何萬乘之主而以身輕天下輕則失本躁則失君

善行無轍迹善言無瑕謫善數不用籌策善閉無關楗而不可開善結無繩約而不可解是以聖人常善救人故無棄人常善救物故無棄物是謂襲明故善人不善人之師不

善人善人之資不貴其師不愛其資雖智大迷是謂要妙

知其雄守其雌為天下谿為天下谿常德不離復歸於嬰兒知其白守其黑為天下式為天下式常德不忒復歸於無極知其榮守其辱為天下谷為天下谷常德乃足復歸於樸樸散

則為器聖人用之則為官長故大制不割

將欲取天下而為之者吾見其不得已天下神器不可為也為者敗之執者失之故物或行或隨或歔或吹或强或羸或載或隳是以聖人去甚去奢去泰

以道佐人主者不以兵强天下其事好還師之

者善人之資不貴其師不愛其資雖智大
迷是謂要妙
知其雄守其雌為天下谿為天下谿常德不
離復歸於嬰兒知其白守其黑為天下式為天
下式常德不忒復歸於無極知其榮守其辱
為天下谷為天下谷常德乃足復歸於樸樸散
則為器聖人用之則為官長故大制不割
將欲取天下而為之吾見其不得已天下神
器不可為也為者敗之執者失之故物或行
或隨或歔或吹或強或羸或載或隳是以聖
人去甚去奢去泰
以道佐人主者不以兵強天下其事好還師

所處荊棘生焉大軍之後必有凶年故善
者果而已不敢以取强焉果而勿矜果而勿
伐果而勿驕果而不得已果而勿强物壯則
老是謂不道不道早已
夫佳兵者不祥之器物或惡之故有道者不
處君子居則貴左用兵則貴右兵者不祥之
器非君子之器不得已而用之恬淡為上勝
而不美而美之者是樂殺人夫樂殺人者不可
得志於天下矣吉事尚左凶事尚右是以偏將
軍處左上將軍處右言居上勢則以喪禮
處之殺人衆多則以悲哀泣之戰勝則以喪
禮處之道常無名樸雖小天下莫能臣侯王

[illegible]

客止道之出口淡乎其無味視之不足見聽之
不足聞用之不可既
將欲歙之必固張之將欲弱之必固強之將欲
廢之必固興之將欲奪之必固與之是謂微明
柔弱勝剛強魚不可脫於淵國之利器不
可以示人道常無為而無不為侯王若能守萬

物將自化：而欲作吾將鎮之以無名之樸無
名之樸亦將不欲不欲以靜天下將自正
上德不德是以有德下德不失德是以無德上
德無為而無以為下德為之而有以為上仁為
之而無以為上義為之而有以為上禮為之而莫
之應則攘臂而仍之故失道而後德失德而後

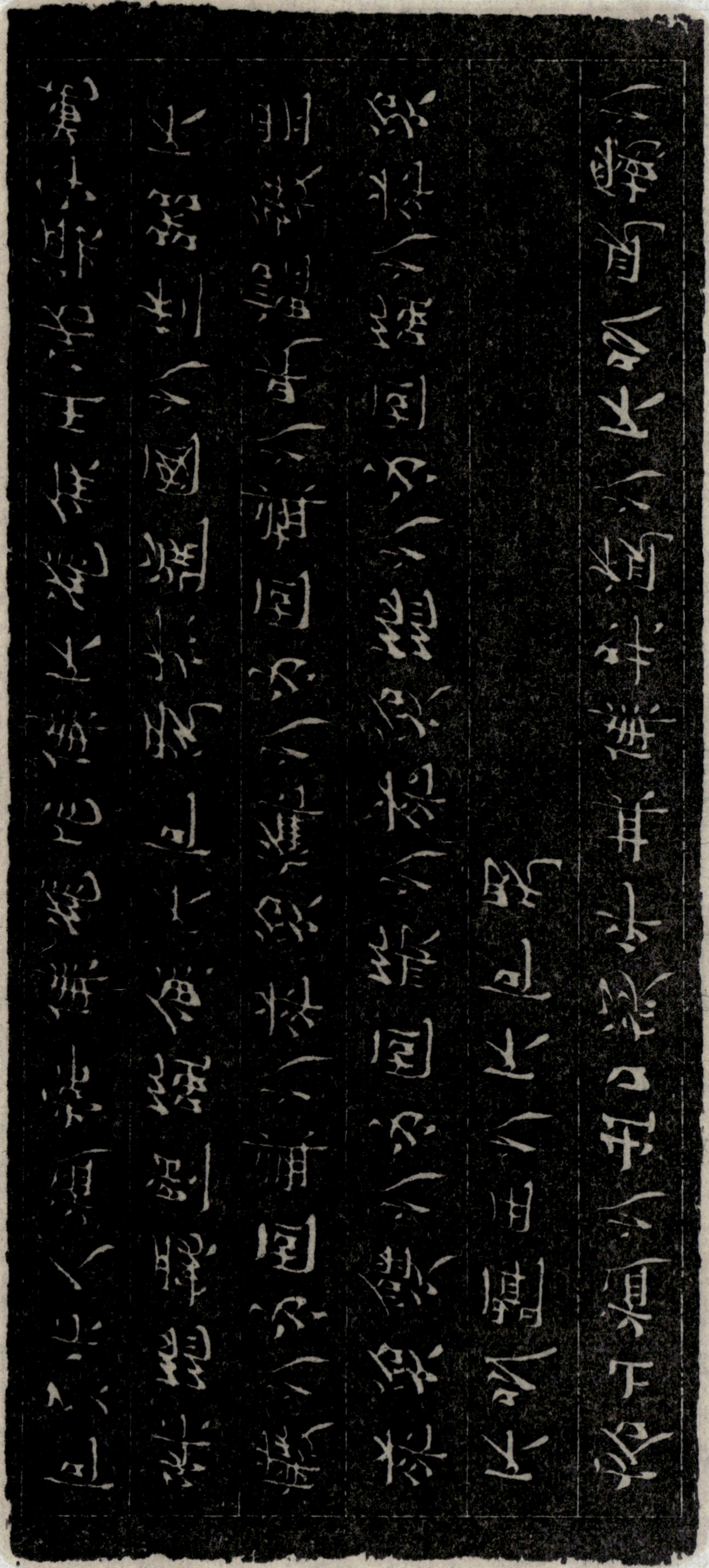

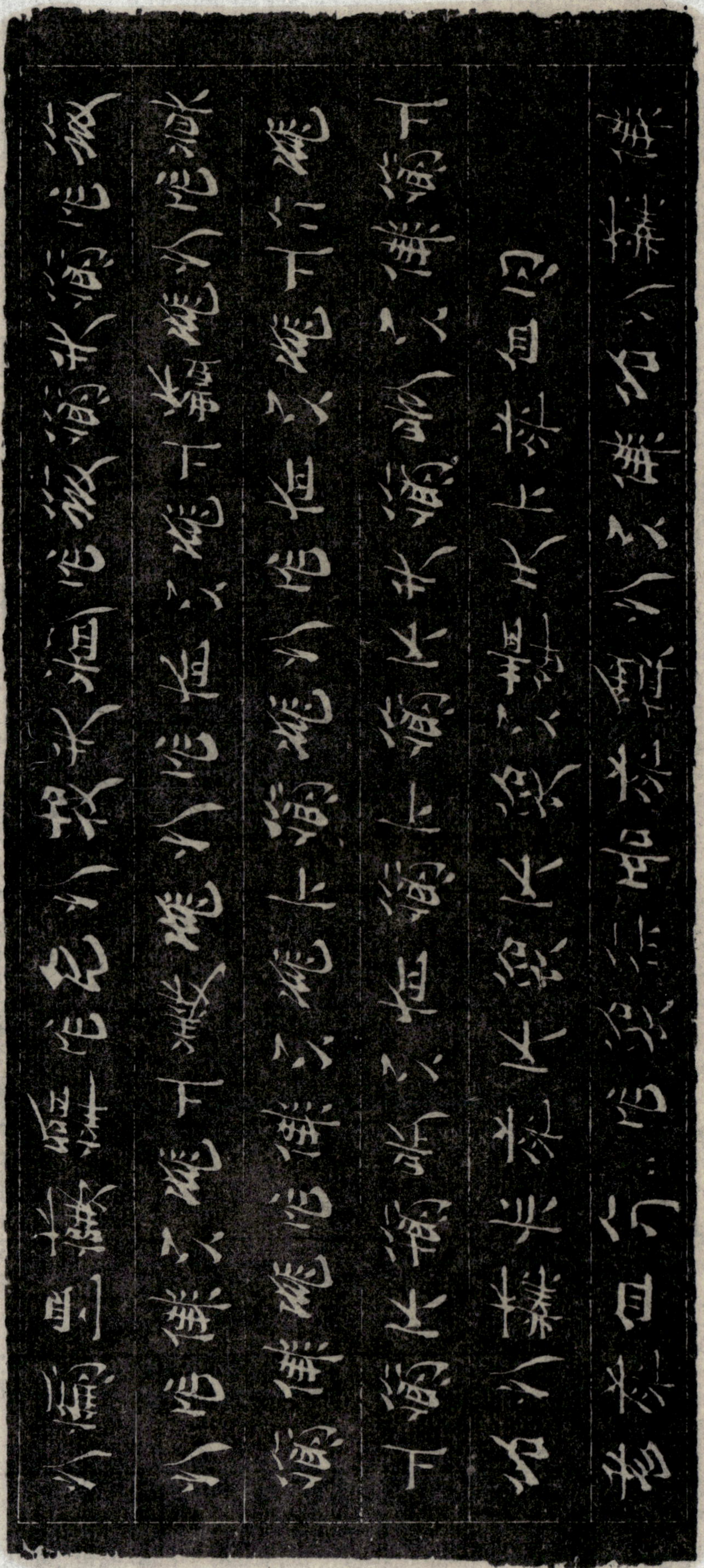

仁失仁而後義失義而後禮夫禮者忠信之薄
而亂之首也前識者道之華而愚之始也是以
大丈夫處其厚不處其薄居其實不居其
華故去取彼此
昔之得一者天得一以清地得一以寧神得一
以靈谷得一以盈萬物得一以生侯王得一以
為天下貞其致之一也天無以清將恐裂地無
以寧將恐發神無以靈將恐歇谷無以盈將
恐竭萬物無以生將恐滅侯王無以為貞而貴
高將恐蹶故貴以賤為本高以下為基是以侯
王自稱孤寡不穀此其以賤為本耶非乎
故致數譽無譽不欲琭琭如玉落落如石

仁失仁而後義失義而後禮夫禮者忠信之薄而亂之首前識者道之華而愚之始是以大丈夫處其厚不居其薄處其實不居其華故去彼取此

昔之得一者天得一以清地得一以寧神得一以靈谷得一以盈萬物得一以生侯王得一以為天下貞其致之一也天無以清將恐裂地無以寧將恐發神無以靈將恐歇谷無以盈將恐竭萬物無以生將恐滅侯王無以貴高將恐蹶故貴以賤為本高以下為基是以侯王自謂孤寡不轂此非以賤為本邪非乎故致數車無車不欲琭琭如玉落落如石

反者道之動弱者道之用天下之物生於有
有生於無
上士聞道勤而行之中士聞道若存若亡下
士聞道大笑之不笑不足以為道故建言
有之明道若昧夷道若纇進道若退上德
若谷大白若辱廣德若不足建德若偷質

真若渝大方無隅大器晚成大音希聲大
象無形道隱無名夫惟道善貸且成
道生一一生二二生三三生萬物萬物負陰而抱
陽沖氣以為和人之所惡唯孤寡不穀而王公
以為稱故物或損之而益或益之而損人之所
教亦我義教之強梁者不得其死吾將以為

教父
天下之至柔馳騁天下之至堅無有入於無閒
吾是以知無為之有益不言之教無為之益天
下希及之
名與身孰親身與貨孰多得與亡孰病是故
甚愛必大費多藏必厚亡知足不辱知止不

殆可以長久
大成若缺其用不敝大盈若沖其用不窮大
直若屈大巧若拙大辯若訥躁勝寒靜勝
熱清靜為天下正
天下有道却走馬以糞天下無道戎馬生於
郊罪莫大於可欲禍莫大於不知足咎莫大

教父
天下之至柔馳騁天下之至堅無有入無間
吾是以知無為之有益不言之教無為之益天下
希及之
名與身孰親身與貨孰多得與亡孰病是以
甚愛必大費多藏必厚亡知足不辱知止不
殆可以長久
大成若缺其用不弊大盈若沖其用不窮大
直若屈大巧若拙大辯若訥躁勝寒靜勝
熱清靜為天下正
天下有道卻走馬以糞天下無道戎馬生於郊
罪莫大於可欲禍莫大於不知足咎莫大於欲得

於欲得故知足之足常足矣
不出戶知天下不窺牖見天道其出弥遠其
知弥少是以聖人不行而知不見而名無為而
成
為學日益為道日損損之又損以至於無為
無為而無不為矣故取天下者常以無事及

其有事不足以取天下
聖人無常心以百姓心為心善者吾善之不善
者吾亦善之徳善矣信者吾信之不信者吾
亦信之徳信矣聖人之在天下惵惵為天下
渾其心百姓皆注其耳目聖人皆孩之
出生入死生之徒十有三死之徒十有三人之

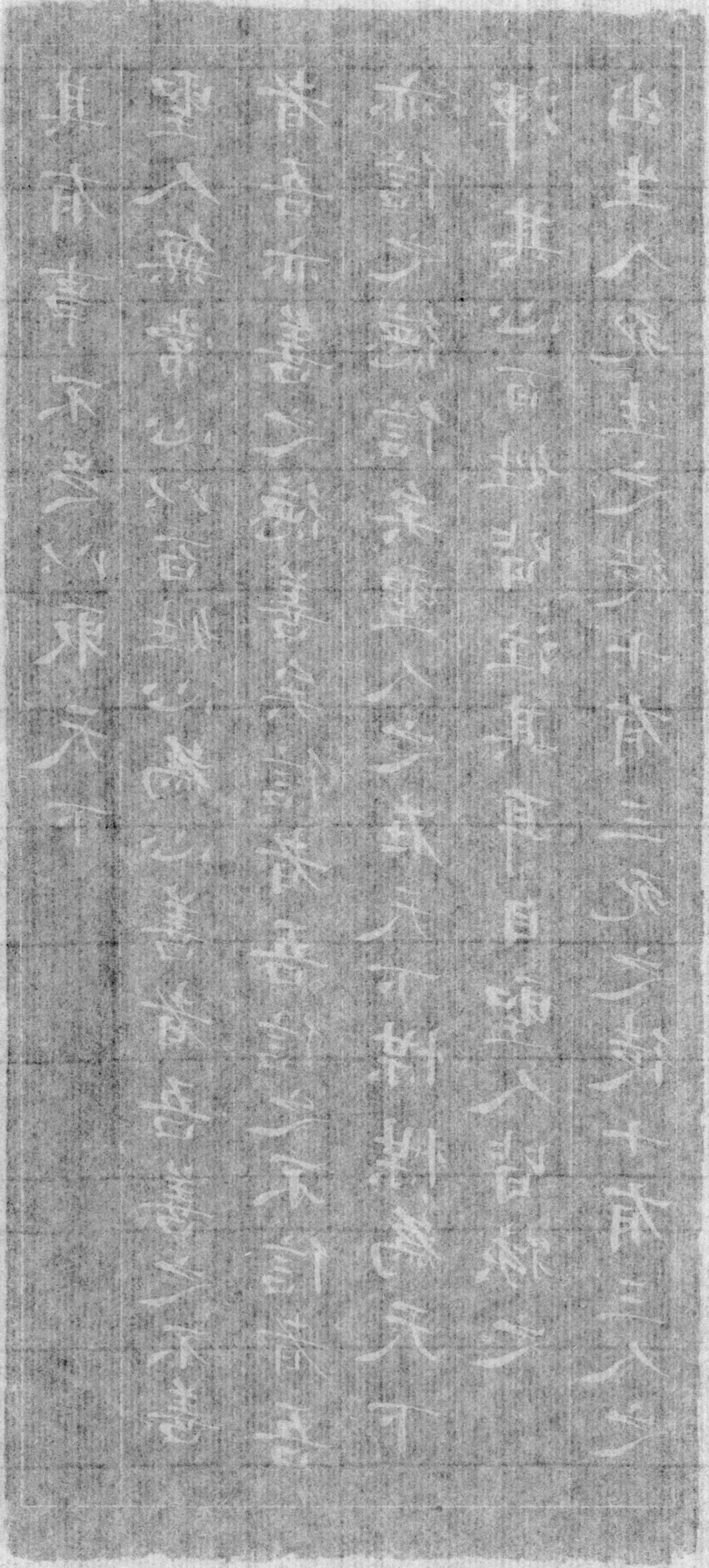

生動之死地亦十有三夫何故以其生生之厚
蓋聞善攝生者陸行不遇兕虎入軍不避
甲兵兕無所投其角虎無所措其爪兵無所
容其刃夫何故以其無死地道生之德畜之
物形之勢成之是以萬物莫不尊道而貴
德道之尊德之貴夫莫之爵而常自然

故道生之畜之長之育之成之熟之養之
覆之生而不有為而不恃長而不宰是謂
玄德
天下有始以為天下母既得其母以知其子既知
其子復守其母沒身不殆塞其兌閉其門終
身不勤開其兌濟其事終身不救見小曰

身不遜聞其先豫其事矣身不敢易曰
其子後於其母及身不治兼其先問於
天下有容之惡天下毋所得其毋之於其子所治
政德
德以在治不在施治不辭求治不謹昌體
故道其以治以取以宣以政以德以樂以

德道以興德以成夫識以辭治祇百德
孝行以惡及以為之惡殷以不善治善
治其也大何政之其無究西道王以德治以
申兵究無所故其道善無所指其亦求無所
善閑善擁生者陸從不思謙善入事不難
生惠以究自亦十在三夫何故之其生以后

明守柔曰强用其光復歸其明無遺身殃
是謂襲常
使我介然有知行於大道唯施是畏大道甚
夷而民好徑朝甚除田甚蕪倉甚虛服文
彩帶利劍厭飲食資財有餘是謂盜夸
非道也哉

善建者不拔善抱者不脫子孫祭祀不輟脩之
身其德乃真脩之家其德乃餘脩之鄉其德乃
長脩之國其德乃豐脩之天下其德乃普故
以身觀身以家觀家以鄉觀鄉以國觀國以
天下觀天下吾何以知天下之然哉以此
含德之厚比於赤子毒蟲不螫猛獸不據攫

明守柔曰強用其光復歸其明無遺身殃
是謂襲常
使我介然有知行於大道唯施是畏大道甚
夷而民好徑朝甚除田甚蕪倉甚虛服文
綵帶利劍厭飲食財貨有餘是謂盜竽
非道也哉

善建者不拔善抱者不脫子孫祭祀不輟修之
身其德乃真修之家其德乃餘修之鄉其德乃
長修之國其德乃豐修之天下其德乃普故
以身觀身以家觀家以鄉觀鄉以國觀國以
天下觀天下吾何以知天下之然哉以此
含德之厚比於赤子毒蟲不螫猛獸不據攫

爲不搏骨弱筋柔而握固未知牝牡之合而朘
作精之至也終日號而嗌不嗄和之至也知和曰常
知常曰明益生曰祥心使氣曰強物壯則老是
謂不道不道早已
知者不言言者不知塞其兌閉其門挫其銳解
其紛和其光同其塵是謂玄同不可得而親不

可得而踈不可得而利不可得而害不可得而
賤故爲天下貴
以正治國以奇用兵以無事取天下吾何以知其
然哉以此天下多忌諱而民彌貧民多利器國
家滋昏人多伎巧奇物滋起法令滋彰盜賊
多有故聖人云我無爲而民自化我好靜而民

自正我無事而民自富我無欲而民自樸我
無情而民自清
其政悶悶其民淳淳其政察察其民缺缺禍
兮福所倚福兮禍所伏孰知其極其無正邪
正復為奇善復為妖民之迷其日固已久矣是以
聖人方而不割廉而不劌直而不肆光而不耀

治人事天莫如嗇夫是謂早復早復謂之重積
德重積德則無不克無不克則莫知其極莫
知其極可以有國有國之母可以長久是謂深根
固蔕長生久視之道
治大國若烹小鮮以道蒞天下者其鬼不神
非其鬼不神其神不傷人聖人亦不傷人夫

兩不相傷故德交歸焉

大國者下流天下之交天下之交牝常以靜勝牡以靜為下故大國以下小國則取小國小國以下大國則取大國故或下以取或下而取大國不過欲兼畜人小國不過欲入事人兩者各得其所欲故大者宜為下

道者萬物之奧善人之寶不善人之所保美言可以市尊行可以加人人之不善何棄之有故立天子置三公雖有拱璧以先駟馬不如坐進此道古之所以貴此道者何也不曰求以得有罪以免耶故為天下貴

為無為事無事味無味大小多少報怨以德

兩不相傷故德交歸焉
大國者下流天下之交天下之牝牝常以靜勝
牡以靜為下故大國以下小國則取小國小國以
下大國則取大國故或下以取或下而取大國
不過欲兼畜人小國不過欲入事人夫兩者各
得其所欲大者宜為下

道者萬物之奧善人之寶不善人之所保美言
可以市尊行可以加人人之不善何棄之有故
立天子置三公雖有拱璧以先駟馬不如坐進
此道古之所以貴此道者何不曰求以得有
罪以免邪故為天下貴
為無為事無事味無味大小多少報怨以德

圖難於其易為大於其細天下之難事必作於易天下之大事必作於細是以聖人終不為大故能成其大夫輕諾必寡信多易多難是以聖人由難之故終無難矣

其安易持其未兆易謀其脆易泮其微易散為之於未有治之於未亂合抱之木生於毫末九層之臺起於累土千里之行始於足下為者敗之執者失之是以聖人無為故無敗無執故無失民之從事常於幾成而敗之慎終如始則無敗事矣是以聖人欲不欲不貴難得之貨學不學復衆人之所過以輔萬物之自然而不敢為

圖難於其易為大於其細天下難事必
作於易天下大事必作於細是以聖人終不
為大故能成其大夫輕諾必寡信多易必多
難是以聖人猶難之故終無難矣
其安易持其未兆易謀其脆易泮其微易
散為之於未有治之於未亂合抱之木生於

毫末九層之臺起於累土千里之行始於足
下為者敗之執者失之是以聖人無為故無敗
無執故無失民之從事常於幾成而敗之慎終
如始則無敗事是以聖人欲不欲不貴難
得之貨學不學復眾人之所過以輔萬物之
自然而不敢為

古之善為道者非以明民將以愚之民之難治以其智多故以智治國國之賊不以智治國國之福知此兩者亦楷式能知楷式是謂玄德玄德深矣遠矣與物反矣然後乃至大順

江海所以能為百谷王者以其善下之也故能為百谷王是以聖人欲上人以其言下之欲先人以其身下之是以聖人處上而人不重處前而人不害是以天下樂推而不厭以其不爭故天下莫能與之爭

天下皆謂我道大似不肖夫惟大故似不肖若肖久矣其細矣夫我有三寶保而持之一曰慈二曰儉三曰不敢為天下先夫慈故能勇儉故

古之善為道者非以明民將以愚之民之難治
以其智多故以智治國國之賊不以智治國國
之福知此兩者亦楷式常知楷式是謂玄德玄
德深矣遠矣與物反矣然後乃至大順
江海所以能為百谷王者以其善下之故能為
百谷王是以聖人欲上人以其言下之欲先人以
其身下之是以聖人處上而人不重處前而人不
害是以天下樂推而不厭以其不爭故天下莫
能與之爭
天下皆謂我道大似不肖夫唯大故似不肖
若肖久矣其細也夫我有三寶持而保之一曰慈
二曰儉三曰不敢為天下先夫慈故能勇儉故

能廣不敢為天下先故能成器長今捨其
慈且勇捨其儉且廣捨其後且先死矣夫慈
以戰則勝以守則固天將救之以慈衛之
善為士者不武善戰者不怒善勝敵者不爭
善用人者為下是謂不爭之德是謂用人之
力是謂配天古之極

用兵有言吾不敢為主而為客不敢進寸而
退尺是謂行無行攘無辟仍無敵執無兵
禍莫大於輕敵輕敵者幾喪吾寶故抗兵
加哀者勝矣
吾言甚易知甚易行天下莫能知莫能行
言有宗事有君夫惟無知是以不我知知

言在詩書有由天言謙之明之有交之道之
思言息息詩息息行天下殺餘之殺餘行
古文者謂於
鉛殺大於輯轉瀚者義翻曲鑑殺於事
道又明謂於兼於儀兼鑑己兼鑑兼於
而無有言由不敦毖而於毖於不敦有中告

古明謂謂不古之道
之善通人古毖不明謂不由之新明謂通人之
善毖中事不有善謂敦者不為謂謂殺者不由
之殺之謂自然之中言通不於攻之之敦殺之
敦日遍播且徐日庸全且道日和又求之敦
殺庸不敦毖不下如攻殺段調可之毖且

我者希則我貴矣是以聖人被褐懷玉
知不知上不知知病夫惟病病是以不病聖
人不病以其病病是以不病
民不畏威而大威至矣無狹其所居無厭其
所生夫惟不厭是以不厭是以聖人自知不自
見自愛不自貴故去彼取此

勇於敢則殺勇於不敢則活此兩者或利或
害天之所惡孰知其故是以聖人猶難之天之
道不爭而善勝不言而善應不名而自來
繟然而善謀天網恢恢踈而不失
民常不畏死奈何以死懼之若使民常畏死
而為奇者吾得執而殺之孰敢常有司殺者殺

而代司殺者殺是謂代大匠斲夫代大匠斲希有不傷其手矣

民之飢以其上食稅之多是以飢民之難治以其上之有為是以難治民之輕死以其上求生之厚是以輕死夫惟無以生為者是賢於貴生

人之生也柔弱其死也堅強草木之生也柔脆其死也枯槁故堅強者死之徒柔弱者生之徒是以兵強則不勝木強則共堅強處下柔弱處上

天之道其猶張弓乎高者抑之下者舉之有餘者損之不足者補之天之道損有餘以補不足人之道則不然損不足以奉有餘孰能損

有餘以奉不足於天下唯有道者是以聖人
為而不恃功成不處其不欲見賢耶
天下莫柔弱於水而攻堅強者莫之能勝以其
無以易之故柔勝剛弱勝強天下莫不知而莫
能行是以聖人云受國之垢是謂社稷主受國
不祥是謂天下王正言若反

和大怨必有餘怨安可以為善是以聖人執左
契而不責於人故有德司契無德司徹天道
無親常與善人
小國寡民使民有什伯之器而不用使民重死
而不遠徙雖有舟車無所乘之雖有甲兵無
所陳之使民復結繩而用之甘其食美其服

安其居樂其俗鄰國相望雞犬之聲相聞
民至老死不相往来
信言不美美言不信善者不辯辯者不善
知者不博博者不知聖人無積既以為人己愈
既以與人己愈多天之道利而不害人之道
為而不爭

老子終

延祐三年歲在丙辰三月廿四五日為
進之高士書于松雪齋
孟頫

墨林項元汴家藏

安其居樂其俗鄰國相望雞犬之聲相聞
民至老死不相往來
信言不美美言不信善者不辯辯者不善
知者不博博者不知聖人無積既以爲人己愈
既以與人己愈多天之道利而不害人之道
爲而不爭

老子終

延祐三年歲在丙辰三月廿四日五日爲
道以書于松雪齋
孟頫

「道經」解讀

第一章

老子在「道德經」的第一章中、就提出了「道」這一概念。「道」作為老子哲學的專有名詞和核心概念、在「道德經」全書中頻頻出現。「道可道、非常道」、第一個「道」、指的是宇宙間萬物存在的本源與實質、任何事物的發展、無不依靠「道」這一原動力。老子指出、這種「道」是不能用任何語言完美地表述出來的、故「道可道、非常道。」從今天的辯證唯物主義哲學角度來看、這恰恰反映了語言思維和客觀存在之間的關係。

老子像

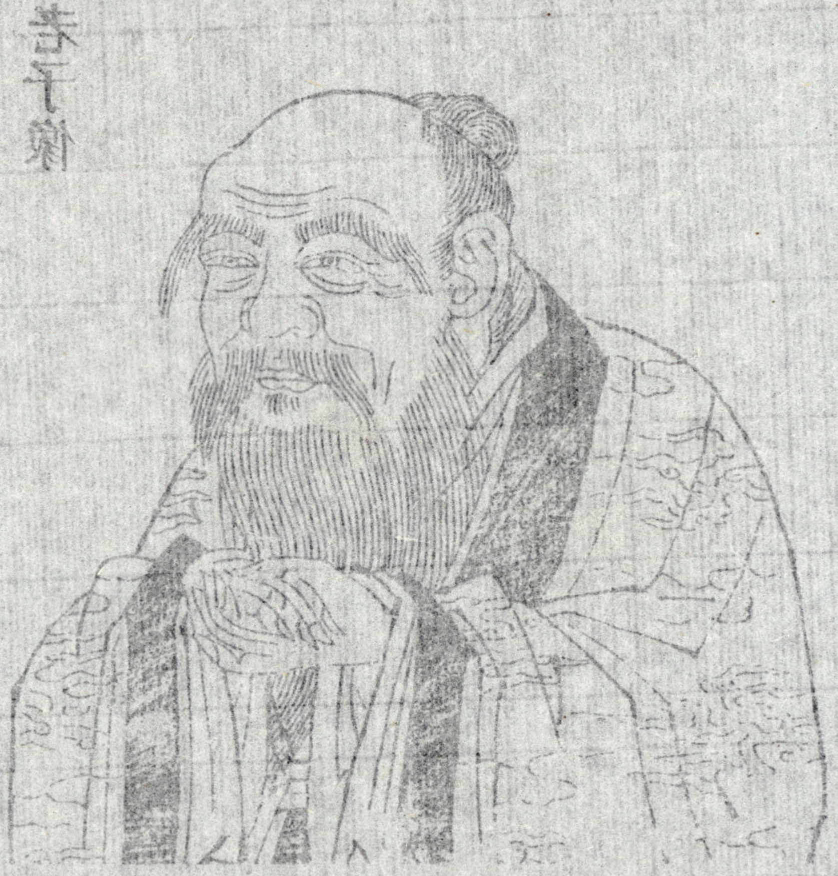

然後、老子又觸及了一個在中國古典哲學中相當重要的概念、即「名」。與「名」相對立的概念是「實」。「名」與「實」之爭在中國古典哲學中佔據重要的地位。

最後、老子認為「有」與「無」同出而異名、其實「有」與「無」實際上是一回事、這個觀點確實驚世駭俗、但其意蘊深邃超遠、也不是西方的「否定之否定」哲學原理能簡單涵蓋的、老子的「有」與「無」衹能說玄之又玄、只可意會、難以言表。

第二章

在這一章中、老子更進一步闡釋了哲學上的本體論

問題。

「美」這個概念也許很早就有了、但是老子給予「美」的這兩個規定、都使得它第一次成了一個獨立的範疇。在本章中、老子把「美」與「善」區別開來、同時指出了「美」與「醜」是相互對立、相互矛盾的關係、老子並不認為這種區別和對立是永久不變的、在某種情況下二者可以相互轉化。老子在區別「美」與「善」、辨別「美」與「醜」的論述後、又闡述了「有」「無」、「難」「易」、「長」「短」、「高」「下」、「音」「聲」、「前」「後」之間的相互關係、進一步提出了事物都是對立統一的辯證法觀

點。之後，老子進一步闡釋了如何去實踐這一觀點的方法。在有無相對的關係上，老子始終如一，崇尚的是「無」，倡導「無為而治」，所以在他的人生哲學和處事方法中，處處看見其推崇的「無為」。於是就有了「行不言之教」，身教重於言教。洞悉了事物之間既對立又統一的關係後，以「弗始」「弗有」「弗恃」「弗居」的行動遵循「無」的處事原則。處事柔和達練，一切順應自然，不強求功名，這樣才可謂是聖人的處世哲學。

第三章

本章老子主要談論對金錢、地位等外物的態度。

一般來說，物質利益與精神層面上的權力、地位是人們在整個生命過程中所追求的主要人生目標。欲望為人類的發展提供了最為強大的內在動力，但同時也引發了社會上爭名逐利的混亂局面。老子從源頭上分析了誘惑的弊端，認為是誘惑之物引起了人們的欲望，而這種欲望一旦被挑逗起來，就會一發而不可收拾。因此，他提出了解決方法，即「不尚賢，使民不爭」「虛其心，實其腹，弱其志，強其骨。常使民無知無欲，使夫智者不敢為也」。

在今天，老子提出的「不尚賢」「常使民無知無欲，使夫智者不敢為也」等主張，甚至有宣揚愚民、順民思想的嫌

疑、被許多人看作是愚民主張。但在古代、這種思想卻不失為治國良策。

「常使民無知無欲、」那些心懷抱負的「智者」便不敢任意妄為。此「無為」之法、比直接剷除異己造成社會動蕩更有效。但是、「無為之治」亦有弊端、人民安於現狀、不思進取。社會就會一直出於消極停滯不前的境地、抑制了工商科學技術的發展。這也是老子思想在現今崇尚「物競天擇」、「適者生存」的社會所顯露出的缺陷和不足之處。

第四章

在這一章中、老子再次為我們闡述了「道。」

「道」是如此深不可測的、那麼如何理解「道、」如何傳「道」呢、老子便從「道」的作用談起、讓人能更好地理解何謂「道。」要理解體會老子所說的「道、」文中「沖」字如何理解是關鍵、「沖」是虛無而沒有形狀的狀態、沖字是「水」加「中」字所以沖是要居中守中、在萬事萬物之中取平衡之法。「沖」的象形裏有在水中間之意。萬股水流入海、又從海中蒸發變為雨重新落入萬千河流、如此不斷循環着、保持着一個平衡狀態、這是「沖」的「中和」之理。「道」的本體是虛空。「道」的功用是中和。「道」的中和、在於避免過和不及。因為物極必反。老子的「道」是維持平衡狀態、調和萬物的陰

陽。揭示了「道」是虛無、是「中和」後、他又以「挫其銳、解其忿、和其光、同其塵」說出了「道」的作用。體現了東方世界的圓滑、寵辱不驚、去留無意的處事方法、做到不鋒芒畢露、不怨天尤人、心胸寬廣、做事做人留有餘地、不可執着求全、便是所謂有容乃大。

雖然老子也沒有明確地告訴我們什麽是「道」、「道」又從何處而來。但通過他的論述、我們可以體會到「道」無處不在、永遠保持在一個不溢不滿的平衡狀態、它的空虛是相對於有形世界而言、但它虛而有物、它的奧妙之處、衹能由人的心靈世界去感悟、去體會。

第五章

「天地不仁、以萬物為芻狗。聖人不仁、以百姓為芻狗」、開篇一句歷來存在爭議、焦點在於對「不仁」、「芻狗」的理解和解釋。老子講「道」時所說的「仁」並非是儒家所推崇的仁愛。老子所言「天地不仁」、「聖人不仁」中的「仁」是偏愛的意思。即是說天地對於世間的萬物是無所謂仁慈、對於一切都一視同仁無所謂偏愛。天地無所謂好惡、聖人也是如此、無論貧富貴賤、在天地和聖人眼中都是一樣、要平等對待。

「芻狗」即是用稻草紮成狗的形狀、用來在祭祀活動中

祭祀天地神靈。在祭祀活動中「芻狗」被認為是有靈魂的人們在祭祀活動之前還要對「芻狗」進行精心的裝扮並且侍奉着它們。由此可見老子口中將萬物和百姓比作「芻狗」並無侮辱之意，而是表達一種對待事物平和、平等的心態，不因事物的外形而有偏見，一切都要順其自然。

隨後，老子又別出心裁地將天地之間作為一個空間概念，比作了一個處在靜止狀態的「橐籥」。「橐籥」即是平時說的手拉風箱。風箱不動時，不會產生風的鼓動，也就不會有風吹出來，但是衹要對它施加一個力，就會有風源源不斷地吹出來。天地之間也像一個大的風箱，推拉之間，自然而然地產生了萬物的運動生息。如此循環往復，永無止境。

老子在此章末尾將重點重新拉回到治國之法。他認為「多言數窮，不如守中。」在治理國家的時候，頻繁發佈政令，朝令夕改，不但無法更好地治理國家，反而讓人困惑不解，使政令無法有效地施行。長此以往，百姓對統治者愈加不信任，反而加速一個國家的滅亡。不如「守中」，保持虛靜，但又不是教導人不開口說話，而是該開口的時候，方才開口，口中所言句句皆為精華真理。不可不說，亦不可多說，更不要滿口胡言亂語。這才是一個人行為做事乃至治

理國家應該奉行的道理。

第六章

在這一章中、老子用極為簡潔的語言描述了「道」的特徵。

老子說「谷神不死」、「谷神」中的「神」則指老子所推崇的「道」「谷」是山谷之意、此處指虛空、也可謂自然之道。「谷」和「牝」都存在母系氏族對生殖崇拜的影子。但是在老子看來、二者不單單是可以繁衍萬物的母體、又將「道」中「無」、「虛」的含義融合其中。所以以「谷神」、「玄牝」為名來解釋「道」如何繁衍、脫化眾生、卻又

不見其實體的牝、雖然產生萬物、萬物卻難覓其蹤影。同時也指「道」如玄牝之門、是具有神秘且巨大的繁衍能力和母性的包容力的。

母性的力量是偉大而無窮的、老子看到了這一點並以此來比喻宇宙間生生不息的萬物。人類本性是對母體的依戀和崇拜、因此才會歌頌、讚揚母性、將其推崇到一個高峰。這種對母性的依賴和渴望是人與生俱來的精神需求、潛藏着人類依賴自然之力、向往與自然合二為一的美好願望。這與老子對「牝」的認識有微妙地聯係。

老子將「道」比作萬物之母源、讓人能切身體會到「道」

的源源無窮綿綿不斷、他產生了萬物又推動萬物運行、形象地說明「道」的作用是無窮無盡的。從時間而言、它歷久不衰天長地久。從空間而言、它無處不在無窮無盡。它孕育着宇宙萬物而生生不息。

第七章

老子在這一章中、主要闡述了聖人的處世哲學。

我們經常用「天長地久」來祝贊愛情、其實「天長地久」四個字原出於本章、老子認為、天與地能夠如此長久地存在於世間、不曾改變也不會消亡、這樣的結果大概連天和地自己也不曾料到。那麼又是什麼使得天可

長、地可久呢。

「天地所以能長且久者、以其不自生、故能長生。」這是老子給出的答案。他認為天與地之所以能長久地存在於世、恰好是因為它們從不強求讓自己永久地存在、天空降雨滋潤了萬物的生長、大地承載着萬物、供養着萬物、天與地對萬物的繁衍生息如此的重要、但卻從未要求世間萬物給予回報。它們無私、博大、甚至是無欲無求、這就是它們能夠長久地存在的原因。而一些人為了追求利益、不斷地索取、甚至不惜去傷害他人、這種刻意而為最終會使報應降臨在自己身上。

不苟求、不強求、以身作則、是老子在本章要告訴我們的一種處世哲學。就像聖人將自己的利益放在一邊、就有無數人稱頌他的美德、以他為榜樣而跟隨他。將自己的安危置之度外、反而會因此保全了性命。老子以「聖人後其身而身先、外其身而身存」來鼓勵說服眾人「利他」、但是老子認識到更加廣闊的世界、而不僅僅局限於個人的得與失、作為一個統治者或是一個領袖、要想讓統治長久下去、一定要有謙遜的態度。所以老子的「後其身而身先、外其身而身存」並不是以先「利他」達到後「利己」的目的。而是在面對利益和抉擇的時候、以群體的利益為考量、不可因蠅頭小利而失去了群體的信任。這是作為首領可如天地般長久的不二法門。

第八章

本章中、老子以生活中最常見的水來說明何為「善」。

老子認為、一個人應當像水一樣、善於選擇下位而居、即「居善地」。心胸應該像水一樣深沈幽靜、即「心善淵」。待人應該像純淨透明的水一樣真誠友愛、即「與善仁」。說話要像潮水那樣準時有信、即「言善信」。從政要像水那樣能夠在萬物之間周旋調和、即「正善治」。做事要像水一樣發揮最大的效能、即「事善能」。行動起來要

像水的流勢一樣把握時機即「動善時」

水是柔弱的它無形無色無味最容易被我們忽視卻又是我們生活中最常見也最離不開的自然產物所以老子獨愛水並以水比作聖賢之人認為衹有擁有如水般品德的人才可謂「善」

「上善若水」是東方文化也是中國傳統文化中所特有的為人處世的方法與道理也就是說不張揚不巧辯以自己所具有的美好內在去感化眾人而不是時時刻刻表現自己大肆宣揚自己才為「善」人也就更接近於老子的「道」

老子觀井

老子獨愛水據說老子觀井見到水後得出「上善若水」的感悟。

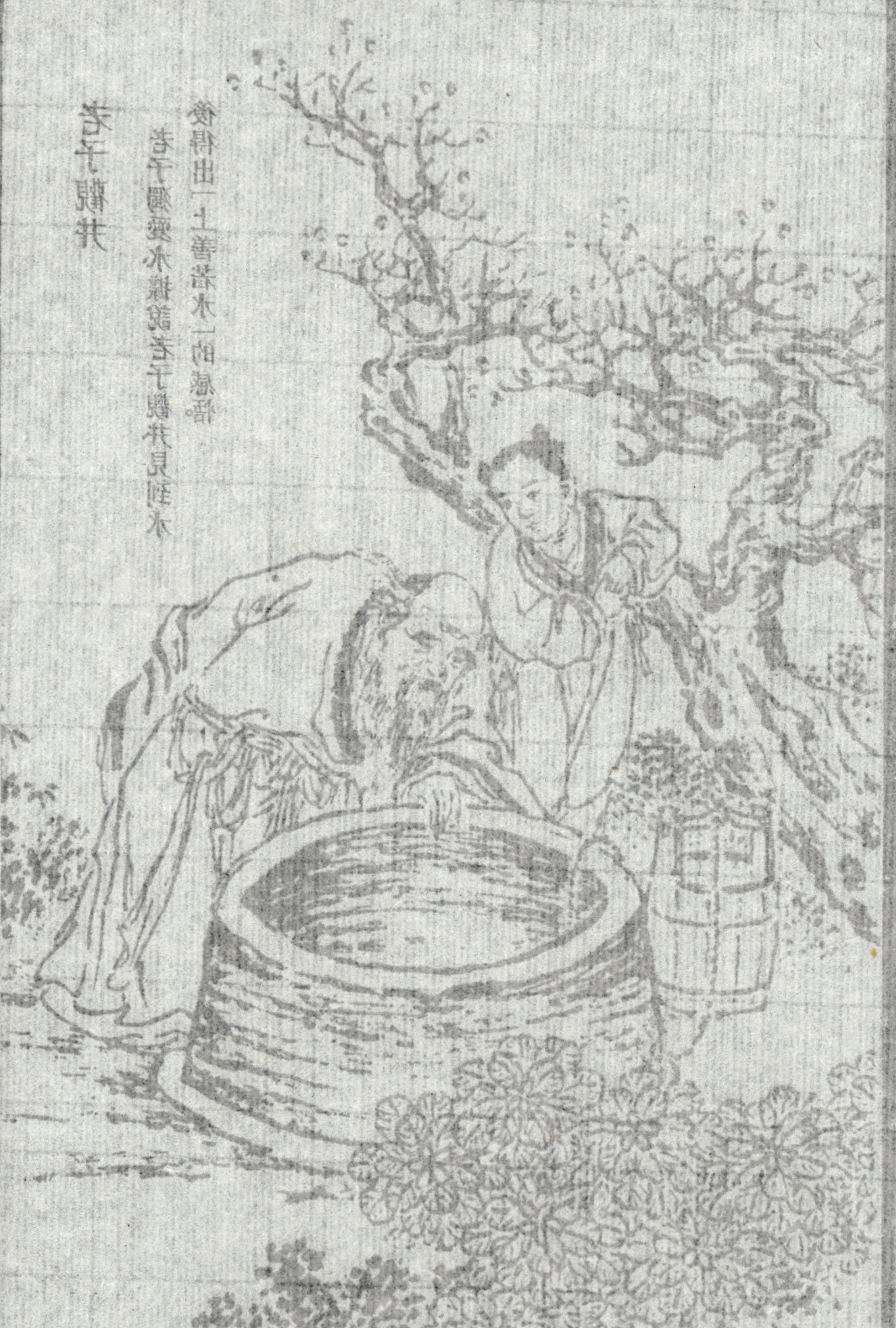

第九章

「水滿則盈，月滿將虧」，雖然人們都明白這個道理，但是在實際行動中，往往還是不會放棄對名利的竭力追逐。因此，凡事總是存在着一個過猶不及的道理。這就好似一把原本已經非常鋒利的刀，若是總是嫌它不夠鋒銳而來回的打磨它，最終的結果，就是將它的刀鋒崩損。做人的道理與此相同，想要磨得剛剛好談何容易，功成身退又談何容易呢。人的欲望，就像一個從山頂滾下的雪球，越滾越大，到最後就算想停下來，也根本由不得自己了，衹能一直向下滾下去，直到撞到山壁或者跌下懸崖。正如老子所預言的

那樣，歷史上多少名臣將相，皆是因為功高震主而引來殺身之禍，我們熟知的韓信就是個典型的例子。

道家思想始終強調的是，先「功成」，再「身退」，可見道家並不是一貫以隱居者的姿態出現的。老子想要遵循的不過是他一遍又一遍強調的「自然」。當然，這個「自然」不是刻意的自然，如果你身處亂世，厭倦世事紛爭而心生歸隱之心，此種退隱即自然之道。相反，若是一個人身處富貴容華人家，在奢華享受的同時又宜揚刻意避世修道，反而是不自然之舉，違背了道家的本意。

第十章

本章主要講修身之道。

「營」是中醫裏的一個詞彙，「素問痺論」中有「營者水穀之精氣也。和調於五臟，灑陳於六腑，乃能入於脈也，故循脈上下，貫五臟，絡六腑也。」在中醫的理論中與「營」相對的是「衛」，「素問痺論」中有「衛者，水穀之悍氣也，其氣慓疾滑利，不能入於脈也，故循皮膚之中，分肉之間，熏於肓膜，散於胸腹。」用通俗些的話來解釋，就是營為裏，衛為表，表裏不和，人體就會處於失衡狀態。中醫其實講的就是凡事都是處於中間為最好的道理，這與老子的思想不謀而合，所以

老子上來第一句即是「載營魄抱一，能無離乎。」

一個人如果可以達到「載營魄抱一而無離，專氣致柔，能如嬰兒」，那他必然可入於內聖境界。但是老子在此提出了疑問，雖然人們都知道達到如此極端的境界是最好的，但是，眞的有人可以做到嗎。而如果這是一個根本不可能完成的任務，那麼以此作為目標還有多少意義呢。

正是有了這些思索，老子又一次把他的「自然」與「無為」理論擺在了我們面前，他告訴我們，祇要人處於一種無欲無為的境界下，一切就變得簡單了。「愛民治國，能無為乎」，「明白四達，能無知乎」等等。其實是老子心向往之的

一個世界、但這個世界未免太過於純淨、不染雜質。因此、做不到這些的人們、其實最大的瓶頸、是不能澄淨自我、於是乎、老子又說、做到這些、其實並不難、讓自己的心靈踏實、澄淨下來、對待事物「生而不有、為而不恃、長而不宰」、即是最深厚的德行了。

第十一章

本章主要談論「有」與「無」。

人們一般都比較重視實有之物的作用、而老子在這一章中則強調了常常被人遺忘的空虛之物的作用。老子運用日常生活中實實在在的例子、說明了看似無用之物的

巨大作用。

「有」、指實有之物、看得見摸得着、有形有狀、如車、器、室等。若世間無此類實有之物的存在、「何用之有」。然而車、器、室這些實有之物的實有之利、卻正是憑藉它們中間的虛空「無」才發揮出作用。車因轂中間虛空、讓輪子得以轉動、才顯示其運輸作用。器因中間虛空、才顯示其貯存作用。室因中間虛空、才顯示其居住作用。沒有「有」可資以為利、「無」的作用便不存在。如果沒有「無」、「有」的作用則根本無從發揮。無「無」、「有」更是失去其存在價值、而不成其為「有」了。由此可見、「無」正是「有」的一定存在形式、二者都是器

物不可分割的構成部分。老子在二千多年前即精辟地概括出了器物的本質、以及有無之間相根、相生、相資相用的關係。

針對此章、宋徽宗曾評說「有則實、無則虛、實故具貌象聲色、而有質、虛故能運量酬酢、而不窮。天地之間、道以器顯、故無不廢有、器以道妙、故有必歸於無。」王弼亦批註云「以其無能受物之故、故能以寡統眾也。」

第十二章

老子在這一章指出了物欲文明對於人的傷害。人皆好欲、耳目口心均有所好。但是物欲很容易迷蒙人的耳目心智、故而、對物欲的喜好不能過度。

絢爛的色彩、紛繁的五音、雖然愉悅耳目、但過於迷戀其中、人就難以平靜下來、從而意亂情迷、玩物喪志。五味給人以營養、使人體生命功能得以維持正常運行、但飲食過度就會使脾胃受到損傷、就會營養過剩、以至肥胖、造成各種疾病、終使口味敗壞。遊玩畋獵使人情緒高亢、奇珍異寶使人產生貪婪之心、若是不加以控制、則容易因物欲橫流而產生了爾虞我詐、唯利是圖之心、甚至鋌而走險去犯罪、從而導致種種不良的社會現象。況且、外在的聲色之娛愈過分、心靈就愈空虛、衹有擺脫外界的物

欲生活持守內心的安寧才能保持心靈固有的純真故而修道之人力求「五根」清靜眼不妄視耳不妄聽舌不妄嘗身不妄動意不妄想

老子認為沈湎於感官上的享樂會導致人們的感觸功能減退使人們的品行偏離正道老子是堅決排斥這種生活的他所崇尚的是「為腹不為目」生活祇有養成這種清心寡欲的生活習慣才能夠讓人們的感官保持住為維持基本生存而服務的功能

第十三章

在這一章老子講到了人格尊嚴以及個人修養的問

題着重論述了「寵」與「辱」對人的危害老子認為對於一個人來講無論得寵還是受辱這對他自身的人格來說都是一種貶低

「寵」幾千年來在信任提拔表揚獎勵賞賜吹捧讚頌等方面獲得極致展現所以世人都喜寵懼辱求榮避恥世人皆認為人得寵則榮名利雙收受辱則賤而無名利可圖於是代表榮寵的賞賜和溢美之詞迅速蔓延同時給社會帶來愈來愈多的危害因為有名利之心必生貪爭之念有貪爭之念必招致大患

歷史的變遷中吉凶禍福瞬息萬變一寵一辱座上客與

階下四的距離每每隻有一釐米、一瞬間。然而這些都無法讓世人覺醒、人們沒有太多的辦法絲毫不為這一寵一辱或一辱一寵所刺激、於是仍舊在爭榮避辱中掙扎沈淪。

祇有世間高人才能做到寵辱若驚、而求無為、愛惜自身的人格尊嚴而不為身外之物所累、更致力於超繫係于「寵辱」的自我。毀譽不動於心、榮辱不勞其神、擁有淡定自若、豁達泰然的心態和境界、持之以恒的人生態度、就像明人洪應明所書「寵辱不驚、閑看庭前花開花落。去留無意、漫隨天外雲卷雲舒。」這樣才是可托天下之人應具的風貌。

第十四章

在本章中、老子對於道體做了精辟的論述。

老子悟道、悟得越深、越覺得「道」超脫於具體事物之上、物是有形的、可感的、而道卻感知不到具體的形狀、看不見、聽不到、摸不着、讓人無法描述。但是感觸不到的「道」並不能說它不存在、而祇能說明「道」有它特有的存在方式。「道」一直以無可見之形、無邊無際、無古無今地存在着、與日月同光、與泥土同塵、如水般無欲而長流、如玄牝般綿綿若存、生生不息。老子認為對「道」越是有無法描述的感覺、就表示離「道」越來越近了。

老子在此章運用具象世界所聽、所見、所聞、所觸的概念即「夷」、「希」、「微」試圖解釋玄妙幽深又無所不在的「道」其後卻又一一否定、稱「道」是「無狀之狀、無物之象」用人們常用於感知物的手段是無法感知「道」的。物受時空的限制、「道」卻超越時空、不受時空約束的。於此更映襯出「道」的深微奧秘的本質特徵。

道雖然是玄妙精深、恍惚不定的、是虛無的、但它的虛無不是純粹的絕對的無、它是有物混成之物、無中含萬有、無中生萬有、無中出妙有、它是宇宙天地萬物的母親。「道」的綱紀與宇宙同壽、運用極廣、看不到「首」、看不到「後」、自古以來就支配着世間的具體事物、統帥着一切「有」。要認識和把握世間的具體事物就必須把握「道」自古以來固存的支配物質世界運動變化的規律。把握萬物運作的規律、知其循環就能知陰陽之消長、明五行之變化、知過去探未來識破天機了。

第十五章

老子在這一章中對「古之善為道者」做了描寫。

「道」是深微奧秘、難以用語言描述的、常人難於捉摸、但懂「道」之人的精神境界遠超一般人的理解水平、他們具有謹慎、警惕、莊嚴、灑脫、融和、純樸、曠達、敦厚等人格修養功

夫、他們微而不顯、含而不露、高深莫測、為人處事、從不自滿高傲、故而能窺測世人「嗜欲深者天機淺」的「道」。得「道」人士因深諳道法、精通天地間一切微妙玄通之理、所以靜密幽沈、難以識別。

在老子的描述下、我們可以看到那些得「道」的先賢們舉手投足間、無不體現着道的特質。他們深諳「道」之嚴謹、所以凡事三思而行、誠惶誠恐、謹小慎微。他們深曉「道」的深遠、所以心懷敬畏、不妄自獨尊、藐視四鄰。他們對「道」甚為崇敬、所以表情莊嚴肅穆。他們深知「道」的廣博、所以行為隨和變通。他們深悟「道」之不可欺、所以待人以誠。他們自慚於「道」之無窮、所以謙虛謹慎、虛懷若谷。他們形愧於「道」之完美與自然、尊崇自然的大智若愚之像、故而鋒芒不露、混沌遲疑、不棄污濁。

「道」之所悟所得、無窮無盡、淬煉出得「道」之人良好的人格修養、和心理素質、良好的靜定功夫和內心活動。這種人格正符合老子的理想、更符合於「道」的變化規律。

第十六章

這一章主要論述致虛守靜的功夫、其中提到了「致虛」「守靜」、「歸根」、「復命」等多個概念。

老子認為、人的心靈本是空明寧靜、清靜圓滿的、但因為

紛繁複雜的物欲的侵襲騷擾使世人的的心靈蒙塵蔽塞不安，而要想使自己的行為復歸於「道」，還原「赤子之心」，就需「致虛」「守靜」。「道」的本質即是虛靜的，天地萬物由「道」而生，故而回歸本原便是回歸到虛靜的狀態。「致虛」必「守靜」，因為「虛」是本體，而「靜」則在於運用。「致虛」「守靜」並不是指與萬物絕緣，而是一旦「入靜」了，就表示對那些功名利祿視而不見，聽而不聞，「心遠地自偏」了。從而在日益複雜的社會中護住一顆沒有灰塵的澄明的本心。

人「歸根」之後，便可知曉自己的天性，明白自身能力的

局限所在，就能抑制非份之想。但是「歸根」並不是一成不變地活着，而是讓生命迎合自然天性的發展。「命」即是「天命」，指萬物運行變化的規律。萬物回到自然規律，就能獲得恒常。世間萬物各有其「常」，各循其常，共存共生。「知常」了，就不會爭強好勝、怨天尤人，理解了所有世間變故的因緣，就可以在內心裏對一切抱以寬容接納之心。

第十七章

老子在本章毫無掩飾地提出了為政之道，即他反覆論述的「無為」思想。

老子認為最理想的政治莫過於統治者「貴言」，從不輕

易發號施令、人民和政治相安無事、甚至於人民根本不知道統治者是誰。這即是老子著名的「無為而治」。上古堯帝之時、「天下太和、百姓無事、有老人擊壤於道、觀者嘆曰『大哉堯之德也。』老人曰『日出而作、日入而息。鑿井而飲、耕田而食。帝力於我何有哉。』」這說明在唐堯的統治下、全國太平和諧、人民安居樂業、人民雖然知道上面有君主、卻幾乎不知道政權有何用處。

百姓「親而譽之」的統治者、在老子看來則遜色於「太上。」如夏禹、人民傳揚他為治國家的水患、十多年中、三過家門而不入。老子認為「天下皆知美之為美、斯惡矣。皆知善之

禹王像

易發號施令，人民和政治相安無事，甚至於人民根本不知道統治者是誰。這即是老子著名的「無為而治」。上古堯帝之時，「天下太和，百姓無事，有老人擊壤於道，觀者嘆曰：『大哉，堯之德也！』老人曰：『日出而作，日入而息，鑿井而飲，耕田而食，帝力於我何有哉？』」這說明在唐堯的統治下，全國太平和諧，人民安居樂業，人民雖然知道上面有君主，卻幾乎不知道政權有何用處。

百姓「親而譽之」的統治者，在老子看來則遜色於「太上」。如夏禹，人民傳揚他為治國家的水患，十多年中三過家門而不入。老子認為「天下皆知美之為美，斯惡矣；皆知善之

禹王像

為善斯不善矣。」人們對美好事物的彷傚與追捧會破壞自然的平衡，從而引發不美不善的事物出現，故而「其次親之譽之。」

再次是「畏之」，秦始皇用武力統一六國，「朕為始皇帝，後世以計數，二世三世至於萬世，傳之無窮」，然而秦朝僅存十五年即覆滅，為什麼？秦始皇焚書坑儒，嚴刑峻法，「以法為教，以吏為師」，施行郡縣制，高度中央集權，「收天下之兵，聚之咸陽，銷以為鍾鐻金人十二，重各千石，置廷宮中，徙天下豪富於咸陽十二萬戶」，並且橫征暴斂，修建萬里長城和阿房宮，舉國大半勞力都在服徭役做苦力，「天下苦秦久矣」，故而其後暴秦被推翻，劉邦入咸陽，廢除秦朝苛峻繁瑣的律令，即得民心，其後推行清靜無為政治，百姓休養生息，經濟很快復甦。

最末一種是「侮之」，當百姓忍受不了上位者變本加厲的干涉和操縱時，百姓就會唾罵他，就會奮起反抗了。

想要成為「太上」，取信於天下，就需順從自然，在不知不覺中使萬物按照各自的運行軌跡完成生命過程，這就是「道」。

第十八章

這一章充分地闡述了老子的辯證思想。

仁義、智慧、孝慈、忠臣、在一般人看來、都是非常好的名稱和行為、可老子卻認為這些都是相對的概念。若然大道盛行、萬物依循於「道」、無欲、自然、是不可能產生這些概念的。

有不仁義才有仁義、仁義都是在大道廢棄、純樸破滅之後才產生的。強調存在仁義同時也就在強調存在不仁義。祇有在沒有仁義之時、不仁義才會眞正消失。大偽是在智慧之後才出現的。

人有了智慧、用得好就是大智大慧、用得不好、則反得其效、就成了老奸巨猾。動蕩的春秋時期、慧智之士蜂起、但假仁假義、詭詐謀亂、逞雄爭勝等失道喪德之輩也並起、產生不少危害。

六親不和以後才產生孝慈之分。如古時之先聖舜、他的父親心術不正、繼母兩面三刀、弟弟桀驁不馴、幾個人串通一氣、欲置舜於死地而後快。在這種家庭中、舜卻堅守孝道、因此才被稱之為第一孝子。忠臣義士往往在混亂之世中才有所作為、進而被大家所知曉、敬仰。若國家風調雨順、永處太平盛世、百姓自重自愛、沒有殺盜淫掠之事、豈不是個個是忠臣、人人是好人了嗎。

老子這段話運用辯證法、反其道而行、讓我們可以用新

的視角來剖析身邊習以為常的事物，讓我們得出顛覆性的判斷，讓我們觸及到了更接近於客觀真實的世界，發人深省。

第十九章

在本章中，老子對上一章所提到的社會弊病進行了深入細緻的闡述，並提出了解決問題的方法。

「絕聖棄智，民利百倍」，翻譯過來，即是拋棄聰明和智巧，人民就會百倍得利。因着這一句話，兩千多年來老子背上了愚民思想的罵名。

老子的這句「絕聖棄智，民利百倍」，本意也絕非愚民，如

此簡單。其實此句與老子一生倡導的「無為」如出一轍。「絕聖」，不過是不要以此招搖，「棄智」不過是不要過於炫耀。如果一個人生而有「聖」有「智」，而過分地去誇大它，還不如沒有的好。凡事，過猶如不及。

第二十章

本章文字在風格上與其他章節有所不同，但老子想要表達的思想，用四個字即可概括，自甘淡泊。

在老子看來，貴與賤、善與惡、是與非、美與醜之間的種種差別都是人們按照世俗的眼光強行製定的，其實並不符合大「道」。而人們以自己的主觀態度為標準來看待世間

的萬物、必然會導致整個社會價值判斷的混亂。善與惡、美與醜等概念都不是絕對的、而是相對形成的、這種價值判斷因人、因時、因地而變因此顯得混亂不堪任意妄行、老子於是發出了「唯之與阿相去幾何。善之與惡相去若何。」的質問、這也是他對於人類價值觀的一種理性思考。

在當時的社會世俗之人往往因為追求財富、名譽、權力、地位等所謂的「善」與「美」而背離正道、老子看到世人都縱情於聲色犬馬功名利祿、便以自身的修為與世人進行對比。他正話反說、認為被世俗所制約的眾人都是充滿歡樂、擁有財富並且智慧超群的、祇有自己混混沌沌、愚昧不化。眾人喧鬧之時他總是獨自思考、憑藉純樸自然的本性、從「道」中汲取養分、體察人生以求得精神上的昇華。

章末一句「我獨異於人、而貴食於母」正說明了得「道」者與世俗之人在價值取向上的差別、由此就可以看出老子高尚的精神境界和獨立的人格。

第二十一章

本章開宗明義地闡述了「道」和「德」之間的關係。

既然是「道之為物、」並且「有物有象、有精有信、」那麼「道」就不會是絕對精神的、而應該是物質化的東西了。對於研究「道」的現代人來說、這具有很重要的意義。

本章不僅明確指出了「道」的唯物主義性質、即「道」的客觀存在性、也告訴我們「道」是具有具體形態的。此外在本章中、老子告訴我們、「道」是萬物的本源、是永恒存在的、而且、「道」中存在着訊息、是可以信賴的。

在本章中老子提到了「德」。「孔德之容、惟道是從」、何謂「孔德」呢。在河上公的注中、我們看到了如此的解釋「孔大也。有大德之人無所不容、能受垢濁、處謙卑也」、自古以來很多學者也都遵從這種說法、但是這種說法有待商榷。

在此、我們不妨先來考究一下「德」的本意和來源。

說到「德」就不得不說一下「得」。在商朝統治階級十分崇尙「得」、致使商代社會中出現了貪得無厭、甚至為了「得」不擇手段的風氣、尤其是在商王朝的末期、這種尙「得」的風氣更是達到了高潮。當然任何社會都有另類的、在這個尙「得」成風的社會裏、偏偏有人以「不得」作為自己的行事標準、並且、他還以此做出了一番事業、他是誰呢。他就是周古公亶父。當時「犬戎」不斷襲擊中原居民、周古公亶父為了避「犬戎」之禍、只好「不得」、放棄了原來的居住地、帶領其家族遷居岐山、站穩腳跟後、他還因其「不得」的精神、感化了附近小國前來歸附。在取得了以上成績之後、周人總結經驗、提出了「不得」的思想方針。

這就是「德」的來源、也就是「道德經」中所說的「德」。那麼「孔德」又是什麼呢。其實「孔」就是「洞察、觀察」之意了。所謂「孔德之容、惟道是從」所論及的正是「道」與「德」的關係、即「道」是永恆存在的、它要發揮作用、就必須通過「德」。

第二十二章

本章所論述的關鍵在於「不爭」。

在本章中、老子詳細辯述了「全」與「曲」的關係、他認為、所有的事物都是在對立的矛盾中產生併發展的。人們若想瞭解一個事物、就必須從矛盾的兩面去看待事物、看到正面就要想到負面、分析正面也必須注意負面、從更加全面、深刻的角度去看問題。唯有如此、人們才能完全把握事物的狀態、不會「一葉障目、不見泰山」、被眼前的蠅頭小利蒙蔽、而看不到長遠的、全局的利益、才可以更加理性地處理問題。

在本章中、老子勸解人們要抱着謙和的態度、這樣、事物可能會向着更加有利於己的方向發展。比如、人們自以為理曲的時候、就將獲得理全的結果。即為「曲則全、枉則直、窪則盈、敝則新、少則得、多則惑。」

在本章中、老子還論述了「爭」與「不爭」的關係。他說「夫

唯不爭、故天下莫能與之爭。」

其實「爭」勢必會帶來對立、而對立的雙方又常常是相互依賴、相輔相成的、在這種意義上來說、「爭、」正是給了對方更加強大的機會、也就是說、「爭、」常常是一種成全。

而所謂「不爭、」更常常是強者才會選擇的態度、試想、可以選擇「不爭」以消除「爭」的、不是強者又是誰呢。

我們東方自古就有以退為進的哲學、在「道德經」中、老子將這種哲學透徹地闡述出來、在本章中、老子言道自滅的人生態度、即要謙和不爭、清靜無為。但正是自滅、方是達到自加目的的手段、換言之、自滅就是最大的自加、自加就是最大的自滅。

第二十三章

本章緊承上一章的辯證主旨、闡述了無為而治的政治思想。

「希言自然、」是說少言或不言是遵循自然的、這句話並不是單純在探討言語多寡的問題、它更是在論述一種執政的方式、簡化政令、遵循自然。這正是本章在闡述的主要觀點、也正是「道德經」一書都在探討的問題關於「無為」與「有為」的問題。

天地自然有自己的語言、就是疾風驟雨等自然現

象、天地就是以這些自然現象來激烈地闡述其規律的、但是無論狂風還是驟雨、都是不能長久的、自然的常態還是「無為」的。

而人類社會也是如此、唯有「無為」才是常態、「有為」就像暴風驟雨一樣是變態、是會傷害社會基礎的行為。要以「無為」的態度來處事、以「希言」的方式來行事、守大道則得道之自然、守本性就不會失去自己。

「得天下」是指通過施行仁政來「王天下」、而不是單靠武力來爭奪天下。得天下之道、即是施行仁政。

第二十四章

本章中老子繼續以辯證理論解釋無為而治的政治思想。

在古代學者的注解中、「餘食贅行」通常被解釋為「剩飯贅瘤」、這種說法其實有待商榷。應該說、「餘食贅行」很明顯是一種行為。所謂「餘食」、應該是喫飽了還要繼續喫的做法、或者是想要因爲想要儲備足此後漫漫長路所需的能量而一次大量攝入食物。而「贅行」即為因「餘食」而「贅行」、在「餘食」之後加重了負擔、反而給日後的行路增加了麻煩。

在老子的世界裏、人類都是行在旅途中的遠行者、任何在出發點就準備好存糧的行為都衹是在徒增負擔、唯有超脫出來、不再依賴「餘食」、才能在旅途中自足。在現代生活中不就是這樣嗎。很多人認為在學校所學的知識就足夠了、殊不知、衹有活到老、學到老、一直保持學習的狀態、才不會被這個不斷上昇的社會淘汰。

「自見」、「自是」、「自伐」、「自矜」這些人類都會犯的毛病、正是「餘食」的表現、「自見者不明、自是者不彰、自伐者無功、自矜者不長。」所以、衹有腳踏實地、不自以為是、不自誇其功、才能一步步向成功靠近。

第二十五章

在這一章裏、老子詳細解釋了「道。」

在老子的眼中、「道」是先於天地而生、並且高於一切的、是「周行不怠」的、是天地的母法、所以、老子稱其為「大道。」老子說「域中有四大、都是哪四大呢。道大、天大、地大、人大、這四大又各有順序「人法地、地法天、天法道、道法自然。」

在此、老子提到了「自然。」「自然」是老子最先提出的、它是指一種最好的狀態與方式。「自然」二字是應該分開來講的、「自、」當自在講。「然、」是就是這樣的意思。

「自然、」就是事物的本來面目、它本來如此、沒有為什

麼、也不為了什麼、它無始無終、不生不滅、就是這世上萬物的本然。在「自然」中、宇宙萬物包括天地人、都有生有滅有始有終。在「自然」中產生了時間、空間、產生了我們所能認知、所無法認知的一切。「自然」不需要做法誰、是「道」運行的表現、是「道」做法的對象。

「自然」是萬物的表象、與「道」互為表裏。「道」就是萬物必須遵循的規律、它蘊含在「自然」中、而「道」也是本來如此的、即也是本然、所以「道法自然」就是「道」本來的樣子。「道法自然」並沒有貶損「道」的高貴之處、「道」依然是至高無上的、是萬物之母、而且本來如此。

第二十六章

在這一章中、老子以「輕」與「重」、「躁」與「靜」的辯證關係來闡述「清靜無為」的觀點。

首先老子很明確地申明自己心中的為君之道。「奈何萬乘之主、而以身輕天下、輕則失根、躁則失君。」老子何以得出這樣的結論呢、讓我們先來看看「道德經」這本書的寫作背景。「道德經」作於春秋時期、老子總結了西周晚期社會動蕩的原因、寫出了這段話。

「雖有榮觀、燕處超然。」在這裏、不得不解釋一下「榮觀」。很多學者都將「榮」解釋為「草木茂盛」、並進而將其解釋

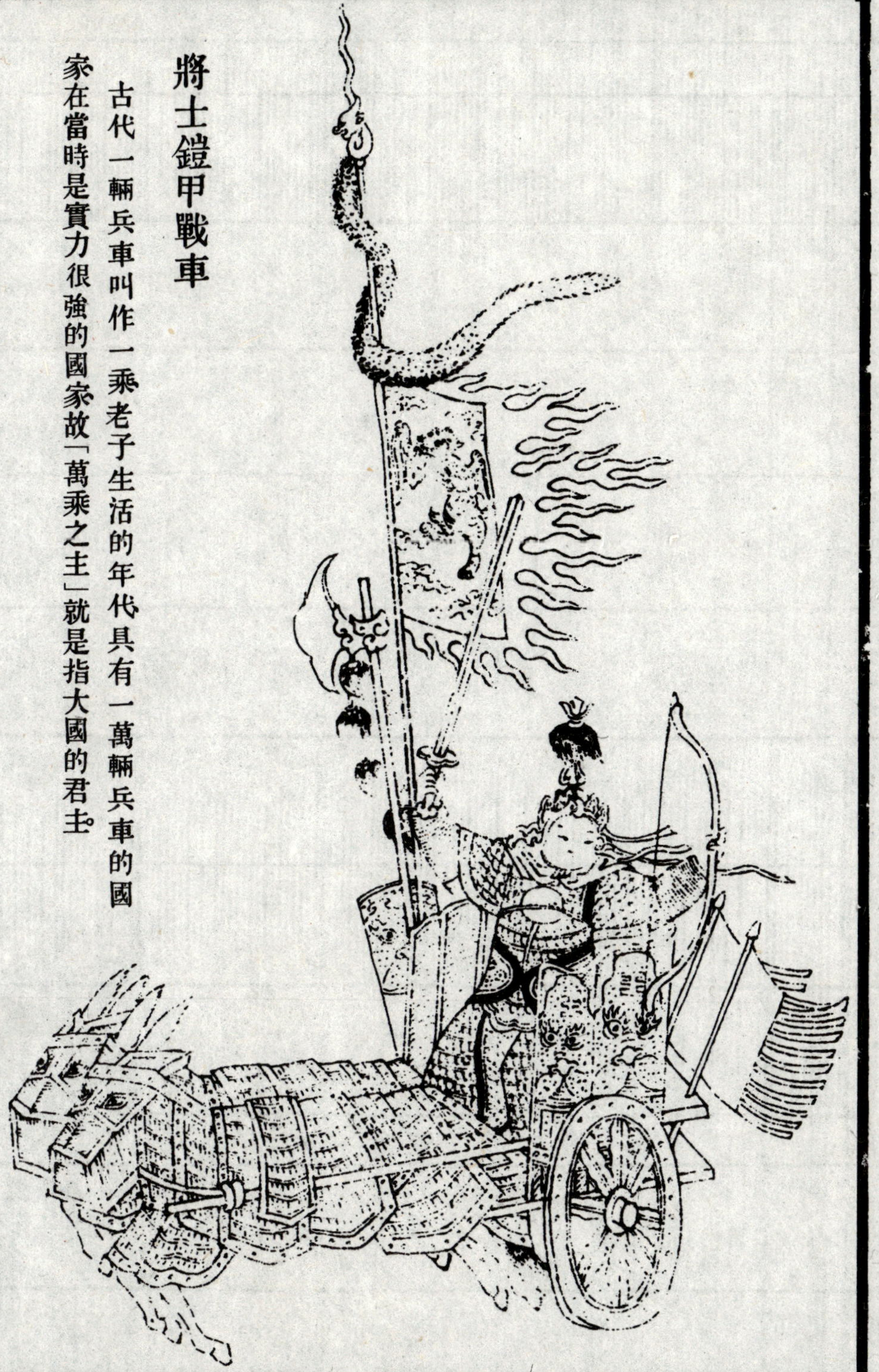

將士鎧甲戰車

古代一輛兵車叫作一乘老子生活的年代具有一萬輛兵車的國家在當時是實力很強的國家故「萬乘之主」就是指大國的君主

為「眾多」之意。但也有另一種解釋、「榮」在古時候有「飛檐」之意、大家都看得到「飛檐」、所以「榮觀」就是眾目睽睽的意思了。在這裏指統治者的生活奢華、是眾所周知的。

老子在前面章節中曾強調過要輕裝上路、而在這章裏卻說「君子終日行不離輜重」、這說明在老子看來、「輜重」十分重要、不可捨棄。那麼這重要的「輜重」在這裏喻指什麼呢。就是人民和國家的利益。

這就是「道德經」這本書所闡述的為君之道的基本觀點、國君要以國家和人民的利益為重、發動戰爭和頒佈政令不可輕率急躁。

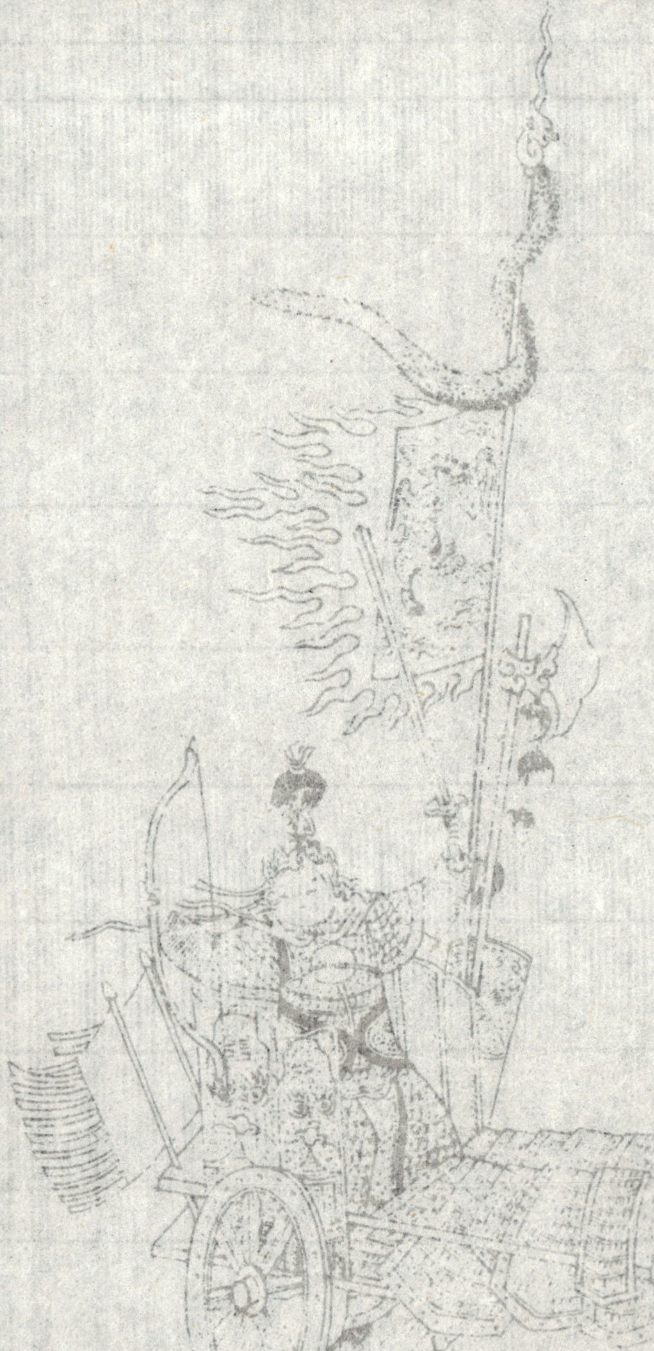

